KB195655

이 세상의 모든 인어와

인간에게 바칩니다!

바닷속에서 함께 놀고 싶은 상상 속 생물이 있어?

바다 햄스터!
물고기 꼬리로 헤엄치는 햄스터야.
- 인디고 -

다리가 백 개인 문어랑
서로 간지럼 태우기를 할 거야.
- 옥타비아 -

별똥별 물고기랑
수영 시합을 할 거야.
우리 뒤로 포르르
물거품이 일겠지!
- 윤슬 -

나비 날개 달린 물고기랑
파도타기를 할래!
- 단테 -

유니콘처럼 뿔이 난
해마의 반짝이는 갈기를
빗질하고 싶어.
- 시에나 -

분수공에서 무지개를
마구 뿜는 고래 위에서
물놀이해야지!
- 드미트리 -

EMERALD AND THE SEA SPRITES

Copyright ⓒ Harriet Muncaster 2023
Illustrated by Mike Love, based on original artwork by Harriet Muncaster.
EMERALD AND THE SEA SPRITES was originally published in English in 2023.
This translation is published by arrangement with Oxford University Press.
Korean translation copyright ⓒ 2024 by BOOK21 Publishing Group
Korean translation rights arranged with Oxford University Press through EYA Co.,Ltd.
이 책의 한국어판 저작권은 EYA Co.,Ltd (에릭양 에이전시)를 통한 Oxford University Press 사와의 독점계약으로 '(주)북이십일'이 소유합니다.
저작권법에 의하여 한국 내에서 보호를 받는 저작물이므로 무단전재 및 복제를 금합니다.

프린세스 에메랄드,
바다 요정을 만나다

지은이 해리엇 먼캐스터
옮긴이 심연희

1판 1쇄 인쇄 2024년 11월 13일
1판 1쇄 발행 2024년 11월 20일

펴낸이 김영곤
프로젝트2팀 김은영 이은영 권정화 우경진 오지애 김지수 **디자인** 박숙희
아동마케팅 장철용 양슬기 명인수 손용우 최윤아 송혜수 이주은
영업 변유경 김영남 강경남 황성진 김도연 권채영 전연우 최유성
해외기획 최연순 소은선 홍희정 **제작** 이영민 권경민

펴낸곳 (주)북이십일 을파소
출판등록 2000년 5월 6일 제406-2003-061호
주소 (우10881) 경기도 파주시 회동길 201(문발동)
전화 031-955-2100(대표) **팩스** 031-955-2177

ISBN 979-11-7117-874-2 74840
ISBN 979-11-7117-520-8 (세트)

* 책값은 뒤표지에 있습니다.
* 이 책 내용의 일부 또는 전부를 재사용하려면 반드시 (주)북이십일의 동의를 얻어야 합니다.
* 잘못 만들어진 책은 구입하신 서점에서 교환해 드립니다.

• 제조사명: ㈜북이십일
• 주소 및 전화번호: 경기도 파주시 회동길 201(문발동) / 031-955-2100
• 제조연월: 2024.11.20.
• 제조국명: 대한민국
• 사용연령: 5세 이상 어린이 제품

2

바다 요정을 만나다

해리엇 먼캐스터 지음 · 심연희 옮김

을파소

가족 소개

새아빠
오스터 왕

엄마
코랄 왕비

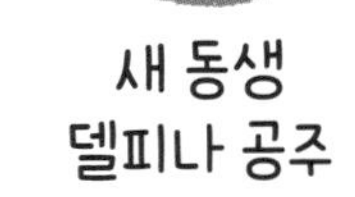

새 동생
델피나 공주

친아빠
데이스
친아빠의 여자친구
서리나
내 친구
잉키벨
나!
에메랄드

인어 왕국 가리비 도시

델피나의 학교
애나 집
에메랄드
친아빠 집
에메랄드의 학교

느긋한 토요일 아침, 나는 조개 침대 위에서 바다수세미 베개에 등을 기대고 앉았다. 그리고 어제 아빠가 선물해 준 책, **《신비한 바닷속 세계》**를 읽으며 여유로운 시간을 보내고 있었다.

이 책은 **클레오도라 블루**라는 탐험가 인어가 **바다 요정**을 찾아 모험을 떠나는 이야기이다.

바다 요정은 저 멀리 **마법의 바다**에 사는 아주

아주 작은 생물이다. 책 속 그림을 보니 자그마한 얼굴에 오밀조밀한 아가미를 지닌 요정이 참 귀여웠다. 그래서 나도 모르게 손가락으로 바다 요정 그림을 쓰다듬었다!

책장을 넘기자 그림들이 바닷속 물빛을 받아 금

색과 은색으로 일렁일렁 반짝였다. 나는 책을 읽으면서 침대 옆 탁자에 둔 바다딸기 스무디를 한 모금 마셨다. 달콤한 해초 버터를 바른 인어 토스트도 야금야금 먹었다.

무척 아늑하고 만족스러운 시간이었다. 왕실 생활은 정신없을 때가 많아서, 나는 아직도 적응하느라 바쁘다.

얼마 전, 엄마가 오스터 왕과 결혼해서 왕비가 됐다. 그래서 나도 **덩달아 공주**가 됐다. (믿기지 않지만 사실이야!)

하지만 난 1년 중 반만 궁전에서 산다. 나머지 반년은 가리비 도시 끝에 있는 아빠네서 지낸다.

책장을 계속 넘기며 읽다가, 그림 속 바다 요정의 반짝이는 눈과 마주쳤다. 나는 방긋 웃으면서 다시 스무디를 마시려고 손을 뻗었다.

그때, 방문 너머에서 익숙한 목소리가 쩌렁쩌렁

들이닥쳤다.

"에메라아아알드!"

소리가 어찌나 크던지, 깜짝 놀란 바람에 하마터면 스무디를 **반려 문어 잉키벨**에게 쏟을 뻔했다!

이윽고 노크도 없이 나의 **새 동생 델피나**가 불쑥 들어왔다. 델피나는 곱슬곱슬한 머리카락을 우아하게 휘날리며 내 침대로 휙 다가왔다.

"에메랄드! 잘 잤어? 나도 잘 잤어. 언니가 궁금

할 테니 미리 대답한 거야. 그런데 지금 좀 심심하다. 언니도 그렇지? 나랑 놀래?"

"음, 그게……."

나는 말꼬리를 흐렸지만, 델피나는 이미 꼬리를

파닥거리며 내 방을 빙빙 헤엄치고 있었다.

델피나는 선반 위 장식품을 전부 건드리고, 보석함을 열어 안을 들여다보고, 책장에 꽂힌 책등까지 손가락으로 스르륵 쓸어내렸다.

그리고 마침내 내 **인형의 집**에 시선을 돌리고 소리쳤다.

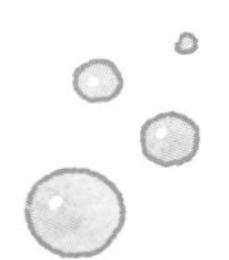

"우아! 우리 인형의 집으로 놀자!"

"어, 그게……."

나는 또다시 얼버무렸다.

델피나에게 내 인형의 집을 허락할 마음이 선뜻 들지 않았다. 왜냐하면 저건 아주 어릴 때부터 간직했던 무척 **소중한 보물**이라고!

은은한 에메랄드빛이 감도는 인형의 집에는 꼬불꼬불한 분홍색 소라고둥 탑들이 솟아 있었다. 문을 열면 그 안에 내가 몇 년간 걸쳐 모은 작은 가구가 아주 많다.

나는 매년 새로운 가구를 생일 선물로 받았다. 용돈을 모아서 내가 직접 산 가구도 있다.

배배 꼬인 산호 의자와 조개껍데기를 뒤집은 모양의

세면대, 자그마한 성게로 만든 발 받침대, 그리고 조그마한 크리스털 향수병들까지 종류가 아주 많았다.

“빨리 와, 에메랄드! 같이 놀자!”

델피나는 나를 보채더니 인형의 집을 열어젖힌 다음, 그 안을 빤히 들여다보았다.

“언니가 꼭 책을 봐야 한다면, 나 혼자라도 갖고 놀면 안 돼? 제에에에발! 언니

는 그냥 계속 읽고 있어도 괜찮아."

델피나가 이렇게까지 조르니, 나는 마지못해 허락할 수밖에 없었다.

"그럼 그러든가."

델피나가 무척 신난 모습이라서 안 된다고 말하기 어려웠다. 거절하면 너무 심술부리는 것 같으니까.

2

나는 바다딸기 스무디를 한 모금 마시고 《신비한 바닷속 세계》를 마저 읽으려 했다. 하지만 델피나가 내 방에 있어서 독서에 집중하기 힘들었다.

그 애가 인형의 집 가구를 만지작거리는 소리가 계속 귓속을 파고들었다. 짜증이 나서 내 의지와 상관없이 꼬리가 홱홱 움직였다.

결국 나는 자리에서 벌떡 일어났다. 그리고 읽

던 책을 바닥에 팽개치고 부글부글 공기방울을 일으키며 델피나에게 다가갔다.

새 동생에게 나의 소중한 인형의 집을 허락했으니, **제대로** 갖고 노는 방법까지도 알려줘야겠지!

"조개껍데기 침대는 침실에 놔두는 거야."

나는 델피나가 조그만 다락방에 놓아둔 침대를 꺼내 원래 자리로 되돌려놓았다.

"앗, 알았어."

대답은 곧잘 했지만, 델피나는 내 말을 귀담아 듣는 것 같지 않았다. 어느새 쪼그만 하프를 들고 손가락으로 현을 퉁기는 통에 희미하게 또르르 소리가 방에 울렸다.

하프의 섬세한 현이 탁! 하고 끊어질 것만 같아 신경이 쓰였다! 나도 모르게 하프를 델피나로부터 홱 뺏어다가 품에 꼭 안았다.

델피나는 잠시 놀란 표정이었지만, 이내 미니 보물 상자에 정신을 뺏겼다. 그 안은 아주 작은 보석과 금화로 한가득했다.

"우아!"

감탄하듯 숨을 내뱉은 델피나는 보물 상자의 뚜껑을 열더니 손가락으로 안을 후비적거렸다. 그 바람에 보석과 금화가 모랫바닥에 넘실넘실 내려앉았다.

나는 이를 악물었다. 인형의 집이 마구 들쑤셔지는 걸 보고 있자니 골치가 지끈거렸다.

내가 흩어진 금화를 하나씩 주워 정리하는 동안, 델피나는 또 뭐가 있나 이리저리 두리번거렸다. 그러다 내가 읽던 책에 눈길을 멈추고 물었다.

"바다 요정 책이야? 나도 들어본 적 있어! 아주 아주 귀엽대. 바다 요정이 **진짜로 있다면** 얼마나 좋을까!"

델피나는 책을 덥석 집어 들고서는 책장을 팔랑 팔랑 넘겼다.

나는 눈살을 찌푸리고 쏘아붙였다.

"진짜로 있다면? 그게 무슨 소리야? 바다 요정은 **실제로 존재해!** 이 책에 클레오도라 블루라는 탐험가 인어가 모험을 떠나 바다 요정을 찾았다고 쓰여 있어! 요정은 단지 마법의 바다에 있는 **특별한 산호초**에서만 사는 야생 생물이라 보기 어려운 거야."

"정말이야? 난 바다 요정이라는 게…… 그냥 지어낸 소리인 줄 알았어!"

델피나는 펠리컨장어처럼 입을 쩍 벌리며 화들짝했다. 그 모습에 나는 웃음을 터트리고 말았다.

"바다 요정은 진짜 있어. 아주 희귀할 뿐이야."

나는 델피나의 손에서 《신비한 바닷속 세계》를 다시 가져와서 책장을 넘겼다. 그리고 클레오도라 블루가 손바닥 위에 바다 요정을 올려놓고 찍은 사진을 찾아 가리켰다.

"여길 봐. 아주 친근하게 생겼지."

"정말 쪼그맣다! 아가미도 참 아기자기하고 웃는 얼굴이 너무 깜찍하네!"

나도 델피나와 같은 생각이었다.

"그렇지? 한 번이라도 **바다 요정을 직접 두 눈으로 본다면** 얼마나 좋을까!"

델피나는 잠시 나를 빤히 쳐다보더니 생각에 잠겼다. 그러다 내 양손을 덥석 잡고 잔뜩 들뜬 목소리로 외쳤다.

"에메랄드, 실제로 만날 수 있어! **우리도 탐험을 떠나면 되잖아!** 궁전에서 몰래 나가서 직접 바다 요정을 찾아보는 거야. 어서 당장 가자! 안 그래도 오늘 너무 심심했는데 신난다!"

뜻밖의 제안에 나는 놀란 눈으로 동생을 보았다. 델피나는 흠잡을 데 없는 **완벽한 인어 공주**인 줄 알았기 때문이다.

평소라면 규칙을 깨자는 말은 절대 안 하는데!

"네가?! 궁전을 몰래 빠져나가고 싶단 말이야?"

델피나가 새빨개진 뺨을 하고 말했다.

"있잖아, 아빠는 언니랑 내가 가리비 도시 밖으로 나가는 걸 절대로 허락하지 않겠지?"

델피나가 묻자 나는 곧바로 대답했다.

"분명 그렇겠지."

"그러니까 **몰래** 나가야 해. 진짜 바다 요정을 볼 수 있다면 시도할 만하다고 생각해. 언니는?"

"괜찮은 것 같네."

나는 별것 아니라는 듯 싱겁게 대답했다. 하지만 내 가슴은 이미 쿵쿵 뛰기 시작했다. 지느러미가 밀려드는 흥분으로 찌릿찌릿 떨리는 걸 참기 힘들 정도였다!

델피나는 계속 재잘거렸다.

"그럼 가기로 한 거다? 와, 바다 요정 탐험이다! 어서 망원경이랑 언니 책을 챙겨. 내가 지도를 훑어봤는데, 북쪽 바다로 가야 하는 것 같더라. 난 배낭에 간식을 챙겨올게. 5분 뒤에 왕실 정원에서 봐!"

델피나는 대답도 듣지 않고 홱 돌아서더니 내 방을 나섰다. 반짝이는 공기 방울이 그 애의 꼬리 끝에서 포르르 뿜어져 나왔다.

나는 델피나의 뒷모습이 사라질 때까지 한참 바라봤다. 그리고 드디어 조용해진 내 방에서, 잉키벨을 가슴에 꼭 안고 외쳤다.

"우린 모험을 떠나는 거야!"

3

잉키벨이 자그마한 다리들을 구불대며 내 방을 노니는 동안, 나는 장난감 상자를 뒤져서 배낭을 찾았다. 그 안에 망원경과 《신비한 바닷속 세계》를 넣은 다음, **바다 비스킷**도 한 봉지 챙겼다. 책에서 바다 요정은 바다 비스킷을 무척 좋아한다는 사실을 읽었거든!

잠시 후, 잉키벨과 나는 궁전에서 빠져나와 왕실 정원으로 향했다. 헤엄치면서 아무도 마주치지 않기를 간절히 빌었다. 그런데 막상 정원에 도착하니 델피나는 코빼기도 보이지 않았다.

"델피나는 늦나 봐!"

나는 잉키벨에게 어깨를 한 번

으쓱하고 정원을 둘러보았다. 해초가 아름답게 너울거리고, 바위틈마다 말미잘이 알록달록한 보석처럼 빛나고 있었다.

그 순간, 커다란 해초 더미가 움직이더니 델피나의 목소리가 들렸다.

"여기야! 에메랄드!"

소리가 나는 쪽으로 돌아보자, 하늘하늘한 해초

잎 사이로 눈동자 한 쌍이 나를 빤히 보고 있었다. 그 모습에 웃음이 터져 나왔다.

"아무에게도 들키면 안 돼서 그래!"

델피나는 나지막하게 한마디하고는, 해초에서 빠져나와 왕실 정원을 헤엄쳐 갔다. 끈적끈적한 해초 자락이 델피나의 꼬리에 말려 줄줄 끌려갔다. 나도 델피나를 따라나섰다.

우리 둘은 궁전을 등지고 깊고 넓은 바다가

있는 북쪽으로 향했다.

한 시간쯤 헤엄쳤을까, 델피나가 중얼거렸다.

"헤, 점점 으슬으슬하네."

"하도 헤엄쳤더니 꼬리가 아파!"

나도 마찬가지로 무척 지친 상태였다.

가리비 도시가 있는 새파랗고 맑은 바다와는 달리, 이곳은 온통 깜깜했다. 바닷물은 짙은 사파이어처럼 어두운 빛깔이었다.

물결무늬가 난 모랫바닥 위에는 수백 마리의 은빛 불가사리들이 신비로운 빛깔을 뿜었다. 눈앞에는 해파리가 긴 다리를 나부끼고 있었다. 희뿌연 햇빛을 받으며 유유히 떠다니는 모습이 마치 유령 같았다.

내 몸이 바르르 떨리기 시작했다.

"우리 제대로 가고 있지?"

"그런 것 같아."

델피나가 묻자, 나는 책에서 지도를 꺼내 다시 확인했다. 그리고 델피나에게 지도를 건넨 뒤 망원경으로 바닷속을 자세히 살펴보았다.

"우아!"

나도 모르게 신나서 소리치자, 델피나가 궁금해했다.

"뭔데?"

"저 너머에 산호초가 있어! 이제 거의 다 도착이야!"

우리는 희미하게 보이는 산호초를 향해 북쪽으로 계속 헤엄쳤다. 가까이 다가갈수록 바닷물이 신비한 푸른색으로 반짝거렸다.

해초 숲은 은은한 빛깔로 하늘하늘하고, 우윳빛 오팔로 수놓은 산호초는 온통 무지갯빛으로 아른대었다.

나는 탄성을 터트렸다.

"와! 이렇게 환상적인 곳이 있다니!"

그런데 델피나가 두 팔로 양어깨를 꼭 감싸고 오들오들 떨었다.

"여긴 가리비 도시랑 정말 다르네. 물도 더 차

갑고…… 어쩐지 거품도 더 많달까? 그런데 바다 요정은 어디 있지?"

"바다 요정은 수줍음을 많이 타. 그러니 가만히 앉아서 기다리는 게 좋겠어. 불쑥 들이닥쳐서 걔네를 놀래고 싶지 않으니까."

내 말에 델피나가 어깨를 으쓱했다.

"그래. 어쨌든 난 간식을 좀 먹을래."

우리는 커다란 산호초 위에 꼬리를 말고 앉았다. 나는 배낭에서 바다 비스킷 봉지를 꺼냈다.

그리고 비스킷 두 개를 집어 델피나에게 하나를 준 다음 나도 한 입 먹었다.

"냠냠! 바다 비스킷은 왜 이렇게 맛있지?"

델피나가 입을 열자 비스킷 부스러기가 둥둥 물에 떠다녔다.

"바다 요정들도 이걸 좋아한대!"

나는 조금 떨어진 산호초를 가리키며 신나게 떠

들었다. 그때, **자그마한 머리 세 개**가 삐죽 솟아 있는 것이 보였다!

"바다아 요오정이다앗!"

델피나는 소리를 꽥 지르는 바람에 비스킷으로 목이 꽉 막힐 뻔했다.

"쉿! 요정이 겁먹을 수도 있어!"

나는 델피나를 진정시키고 다시 망원경을 들여다보았다.

"작고 귀여운 얼굴이 보여! 반짝반짝한 지느러미랑 비늘도!"

우리는 정신을 빼앗긴 채 요정들을 구경했다.

어느새 산호초에서 나온 바다 요정들이 우리 쪽으로 꼬물거리며 다가오고 있었다. 요정의 아주 작은 꼬리가 파닥일 때마다 신비한 빛깔로 일렁댔다.

델피나는 봉지에서 비스킷을 새로 꺼내 바다 요정들을 향해 내밀었다. 그러자 요정들은 재빠르게 헤엄쳐 와 비스킷을 킁킁대더니 야금거렸다.

그 모습을 보고 내 얼굴에 미소가 번졌다. **바다 요정들도 즐거운가 봐!**

"나랑 언니가 마음에 드는 것 같아!"

델피나가 봉지를 또 부스럭대며 조잘댔다.

"우리가 아니라 비스킷이 좋은 게 아닐까?"

내가 키득거리자, 바다 요정 하나가 비스킷을 더 달라며 손을 뻗었다.

"간지러워!"

델피나가 기분 좋은 듯이 까르륵거렸다.

요정들은 비스킷이 동났는데도 계속 머물렀다. 우리 주변에서 헤엄치면서 장난스레 델피나와 내 머리카락을 잡아당기기도 했다.

그중 한 요정이 특히 나를 좋아하는 느낌이 들었다. 다른 요정들보다 유난히 작은 그 애가 헤엄쳐 와서는 내 어깨 한쪽에 앉았다.

내가 어깨 위의 요정에게 이름을 살짝 묻자, 그 애는 산호초에 박힌 오팔을 가리켰다.

"이름이 **오팔**이야?"

내 물음에 쪼그만 바다 요정은 고개를 끄덕이더니 환한 미소를 빵긋거렸다.

"언니, 얘네 무지무지 귀엽다."

나도 델피나의 말에 맞장구쳤다.

"응, 진짜."

슬쩍 올려다보니 바닷물이 진한 노을빛으로 물들고 있었다. 벌써 해가 지는 것 같았다.

"이제 돌아가야겠어, 델피나. 안 그럼 늦겠어."

델피나도 걱정스러운 듯 고개를 끄덕였다.

"시간 가는 줄 몰랐네! 오늘 나랑 언니가 궁전에 없었던 걸 아무도 눈치채지 못해야 할 텐데."

"지금 당장 출발하면 들키지 않을 거야."

4

델피나와 나는 각자 배낭을 챙겨 어깨에 멨다. 그리고 바다 요정들에게 작별 인사를 했다.

요정들도 자그마한 물갈퀴를 흔들며 우리를 배웅했다. 오팔은 내가 떠나서 슬픈 기색이었다.

"다음에 또 놀러 올게!"

델피나가 바다 요정들에게 약속하자, 나도 또 보자는 인사를 전했다.

"그래! 꼭 다시 만나자!"

우리는 보글보글한 물거품과 신비한 초록빛으로 나부끼는 산호초를 헤엄쳐 나갔다. 그리고 은빛 불가사리와 유령처럼 떠다니는 해파리가 사는 짙푸른 사파이어빛 바다로 향했다.

아쉬운 마음에 고개를 돌려 마지막으로 신비한 산호초를 곁눈질했다. 산호초는 이제 넘실거리는 깊은 바다 밑으로 사라져 가고 있었다.

그때, 나는 너무 놀라서 우뚝 멈추고 말았다.

**자그마한 바다 요정 셋이
우리 뒤를 쫓아왔잖아?!**

"델피나! 여기 봐!"

나는 고래고래 외쳤다.

"맙소사! 얘들아, 얼른 너희 집으로 돌아가! 우리를 따라오면 안 돼!"

델피나의 충고가 아랑곳없다는 듯 요정들은 물속을 노닐며 생긋거렸다.

"요정들을 원래 살던 곳으로 데려

다줄 시간은 없어."

나는 단호한 목소리로 말했다.

"하지만 돌아갈 마음이 전혀 없어 보이는데. 겸사겸사 얘네한테 궁전을 구경시켜 주면 어때? 아, 바다 요정들이 언니 방에 있는 **인형의 집**을 진짜 좋아하겠다!"

델피나의 제안에 내 꼬리도 신나서 파닥댔다. 내 인형의 집은 바다 요정들 몸집에 딱 맞을 거야!

쪼그만 문어 다리 샹들리에 아래에서 까불까불 놀고, 조개껍데기 침대에서 쿨쿨 자고, 소용돌이무늬 식탁 앞에 오손도손 앉겠지? 나는 행복한 상상에 한껏 부풀었다.

결국 나도 마음을 바꾸고 어깨를 으쓱였다.

"얘네가 따라오겠다는데, 우리가 뭐 어쩌겠어. 아무튼 델피나, 서두르자!"

우리는 다시 짙푸른 바다를 이리저리 헤엄치며 궁전으로 향했다. 이윽고 저 멀리 거대한 조개 모

양을 이룬 가리비 도시의 불빛이 점차 보였다.

"집이다!"

나는 소리친 뒤 고개를 돌려서 바다 요정들이 잘 따라오고 있는지 확인했다.

궁전 정문을 지나 정원으로 헤엄쳐 들어가는 길에 문득 델피나가 물었다.

"어떻게 몰래 궁전으로 들어가지? 우리 아빠나 코랄 아주머니랑 마주치면 분명 바다 요정에 관해 물어볼 텐데……. 그럼 골치 아파질 거야!"

"흠, 요정들을 우리 배낭 속에 숨기면 어때?"

"언니는 **천재**야!"

델피나는 고개를 끄덕이고는 눈 깜짝할 새에 배낭을 벗어서 안에 든 걸 몽땅 끄집어냈다.

"봐, 마침 바다 비스킷이 딱 하나 남았네!"

델피나는 비스킷으로 바다 요정들을 꾀어 배낭에 넣었다. 그동안 나는 델피나가 꺼낸 물건을 주워 내 배낭에 꾹꾹 눌러 담았다.

"이제 가자!"

델피나가 씩 웃었다.

5

허겁지겁 내 방에 들어오자마자, 나는 문을 쾅 닫아 잠갔다. 델피나는 곧바로 배낭을 열어 바다 요정들을 풀어주었다.

요정들은 여기저기 공중제비를 돌고 데굴데굴 헤엄쳤다. 새로운 곳에 와서 신난 모양이었다.

“얘들아! 이리 와 보렴!”

나는 인형의 집을 연 뒤 델피나와 함께 꼬리를

말고 앉아 바다 요정들이 집 안을 살펴보는 걸 구경했다.

요정들은 곧바로 꼬불꼬불한 소라고둥 탑으로 들어갔다. 조명 스위치를 켜자 초록색, 분홍색, 파란색 등 가지각색으로 방이 환해졌다.

델피나와 나는 창문으로 안을 들여다봤다. 저마다 다른 방으로 들어간 바다 요정들이 찬장을 열어 살피기도 하고, 반짝반짝 빛나는 미니 왕관을 쓰기도 했다.

오팔은 머리 위에 작은 불가사리 왕관을 얹고는 거울 앞에서 몸단장하고 있었다. 그 애는 거울에 비친 자기 모습이 마음에 퍽 드는 듯했다!

"인형의 집이 바다 요정들에겐 꼭 고급 호텔 같나 보네!"

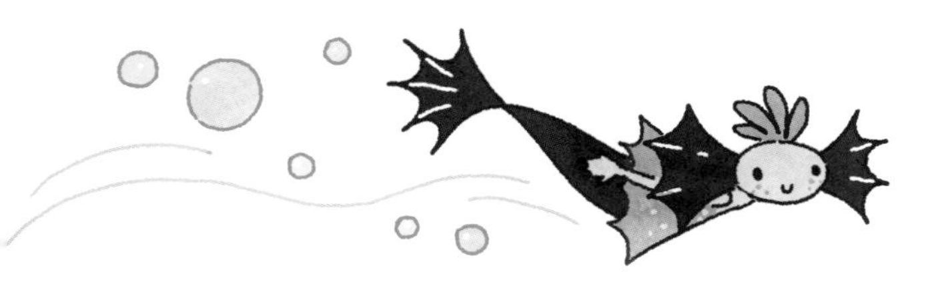

나도 그 말에 맞장구쳤다.

"여기가 마음에 쏙 들었나 봐!"

바다 요정들은 인형의 집을 구석구석까지 즐겼다. 어느새 미니 보물 상자에서 보석과 금화를 꺼내 살피며 작은 얼굴로 미소를 지었다.

이윽고 바다 요정 하나가 금빛 하프를 잡고 연주를 시

작하자, 나머지 요정들도 음악에 맞춰 춤을 췄다.

눈앞에 펼쳐진 풍경에 나는 가슴이 벅차올랐다. 내 인형의 집 물건들이 **진짜** 사용되다니! 그리고 작은 요정들이 이렇게 좋아하고! **정말 최고야!**

"바다 요정들이 **평생** 여기서 살면 좋겠다!"

내가 만세하며 외치자, 델피나가 답했다.

"얘네도 행복해 보이는데, 안 될 거 없지 않을까?"

우리는 그날 저녁 내내 바다 요정들과 함께 인형의 집을 갖고 놀았다.

"너희 둘, 오늘은 웬일로 아주 사이좋아 보이는구나."

그날 저녁 식사 시간, 엄마가 해초 스파게티와 바다열매 푸딩을 먹으며 말했다.

그 말에 델피나와 나는 식탁 너머로 서로 비밀스럽게 미소를 주고받았다.

잠자리에 들기 전, 나는 조개 전화기로 아빠와 《신비한 바닷속 세계》에 대해 이야기했다.

"아빠, 선물해 준 책 진짜 고마워요! 읽고 나서…… **신비한 일**이랑 **귀여운 친구들**이 아주 많이 생겼어요! 게다가 그 책이 정말 도움이 많이 됐거든요. 다음 주에 빨리 아빠한테 내가 겪은 모험을 이야기하고 싶다!"

아빠가 수화기 너머로 웃음을 터트렸다.

"아빠도 에메랄드의 이야기를 빨리 듣고 싶구나. 그 책이 마음에 든다니 다행이네."

그날 밤, 나는 행복한 기분으로 이불 속에서 한참 꼼지락댔다! 조명을 끈 내 방은 캄캄했지만, 인형의 집 창문에서 희미한 불빛이 새어 나왔다. 저 안에서는 귀염둥이 셋이 작은 조개껍데기 침대에서 쿨쿨 자고 있겠지.

아까 바다 요정들에게 잘 자라고 인사하자, 오팔이 작은 손으로 내 손가락을 꼭 쥐었다. 그 따스한 손길에 심장이 벅차올랐다.

나는 잠이 몰려오는 와중에도 생각했다. 내일도 아침 일찍 일어나서 바다 요정들이랑 또 놀아야지! 꿈속에서도 내일 뭘 할지 고민해야겠다. 걔네가 델피나의 작은 회전목마도 좋아하려나……?

그날 밤, 내 꿈에서 오팔이 회전목마의 해마 모형을 타고 즐겁게 놀고 있었다. 빙글빙글, 빙글빙글…….

6

다음 날, 꼭두새벽부터 눈을 뜬 나는 침대에서 벌떡 일어났다. 오늘도 새로 온 귀여운 친구들과 온종일 놀아야지!

나는 곧장 인형의 집으로 가서 침실 창문을 들여다보았다.

저깄다! 바다 요정들은 레이스 달린 해초 이불 아래에 옹기종기 누워서 새근새근 자고 있었다.

맛있는 아침 식사를 대접하면 요정들이 깜짝 놀라며 기뻐하겠지?

나는 이미 책을 통해 바다 요정들의 몸에 좋은 음식을 알고 있었다. 요정들은 바다 비스킷도 좋아하지만, 건강을 위해 **루비색으로 빛나는 특별한 해초**를 많이 먹어야 했다.

그 해초가 분명 왕실 정원 어딘가에 있을 거야! 해초를 따 와서 인형의 집 식당에 있는 작은 그릇에 담아줘야지!

내가 방을 나가려던 순간, 문에서 나직한 노크 소리가 들렸다.

"델피나!"

문을 열자 내 동생 델피나가 있었다.

"바다 요정 생각이 계속 나서 잠을 잘 못 잤어. 에메랄드, 요정들 좀 볼 수 있을까?"

델피나는 조심스러운 목소리로 물었다.

"걔네는 아직도 꿈나라야. 난 요정들에게 대접할 아침 식사 재료를 구하러 가려던 참이었어. 너도 나랑 같이 갈래?"

"그래!"

델피나가 힘차게 대답했다.

우리는 잉키벨과 함께 조용한 궁전 복도를 지나 왕실 정원으로 헤엄쳐 나갔다. 정원은 이른 아

침 햇빛을 받아 반짝거리는 해초로 넘실댔다.

"루비색 해초를 찾아야 해. 그게 바다 요정의 건강에 좋대!"

그러자 델피나가 정원 저편을 가리켰다.

"루비색 해초라면 왕실 동상 근처에서 봤어."

우리는 해초 숲을 헤치며 정원 한가운데로

향했다. 그곳에는 오스터 아저씨의 모습을 한 커다란 황금 동상이 위풍당당하게 서 있었다.

그리고 동상의 발밑에 루비색 해초가 아름답게 피어 있었다. 해초 꽃잎들이 물결을 따라 하늘하늘 나풀거렸다.

"바로 저거야!"

나는 신나게 소리치며 꽃잎을 몇 장 땄다.

잠시 후, 델피나와 나는 루비색 꽃잎을 한아름 안고 방에 돌아왔다. 우리는 해초 꽃잎을 자그마한 하트 모양으로 정성껏 자른 다음 그릇에 담았다.

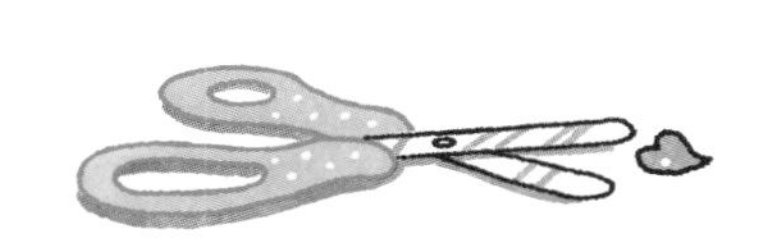

"꼭 아주 예쁜 시리얼 같아!"

델피나가 박수를 치며 감탄했다.

얼마 지나지 않아, 잠에서 깬 바다 요정들이 기지개를 켜고 하품했다. 그리고 침대에서 꼼지락꼼지락 빠져나와 우리에게 인사했다.

"얘들아, 잘 잤니? 우리가 아침을 만들어 봤어."

나는 식사를 차린 식당으로 바다 요정들을 안내했다. 요정 하나가 빨간 하트 모양 꽃잎에 머리를 들이밀고 킁킁 냄새를 맡았다.

그런데 갑자기 델피나가 나에게 속삭였다.

"에메랄드, 기분 탓일지도 모르겠지만 말이야. 바다 요정들이 모두 뭔가…… 오늘은 **덜** 반짝이는 것 같지 않아?"

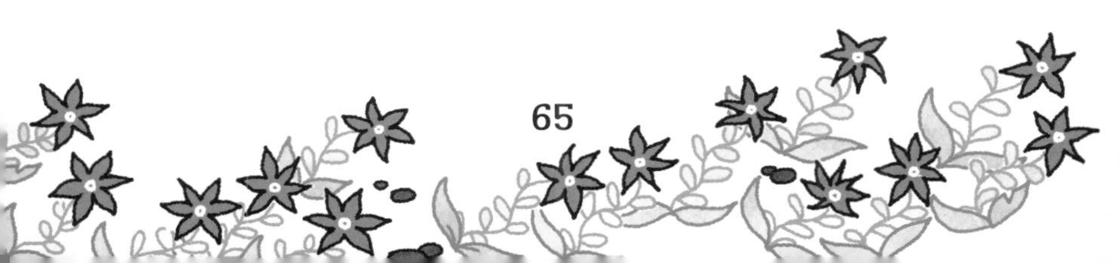

그 소리에 나는 눈을 가늘게 뜨고 우리의 새 친구들을 유심히 바라보았다. 델피나 말대로였다. **바다 요정들의 반짝임이 줄어들었다!**

심지어 어제보다 피곤해 보이기까지 했다. 오늘은 전날과 달리 폴짝폴짝 기운차게 뛰어다니지도 않았다.

나는 가장 아끼는 요정인 오팔을 찾았다. 그 애가 띠고 있던 신비한 빛깔도 마찬가지로 옅어진 상태였다.

"흠, 아직 일어난 지 얼마 안 돼서 그럴 거야."

대답은 이렇게 했지만, 내 머릿속에도 살짝 의문이 피어올랐다. 오늘 아침 바다 요정들은 어딘가 분명 어제와 달랐다.

게다가 셋 다 별로 입맛이 없는 것 같았다. 하트 모양 해초 꽃잎을 몇 입 먹는가 싶더니 이내 우리가 준 바다 비스킷에 손을 뻗었다.

"흐음."

델피나가 미심쩍은 소리를 내자, 내 마음도 덩달아 불안해졌다. **무언가 이상해.**

"분명히 책에 바다 요정이 반짝임을 잃어버리는 내용이 쓰여 있었어. 한번 자세히 확인해 볼까?"

어쩐지 델피나는 그다지 안 내킨다는 목소리로 대꾸했다.

"별문제 없을 거야! 그냥 좀 지쳐서 그렇겠지. 어제 저 작은 몸으로 먼 길을 헤엄쳐 왔잖아!"

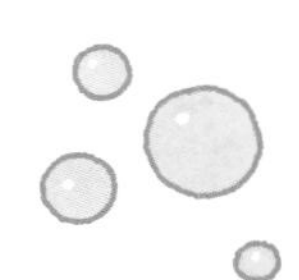

"그럴 수도 있겠네."

태연한 척 대답했지만, 속으로는 델피나의 말이 맞기를 간절히 바랐다.

"식사 대신 우리랑 놀고 싶은 걸지도 몰라. 숨바꼭질할까?"

"응, 좋아."

나는 고개를 끄덕이면서 걱정을 마음속 한편에 애써 묻어 두려 했다.

델피나와 나는 바다 요정들을 즐겁게 해 주려 노력했지만, 요정들은 어제만큼 노는 데 관심을 보이지 않았다.

대신 요정들은 그저 폭신한 분홍 가리비 안락의자에 늘어져 있고만 싶어했다. 심지어 오팔은 눈을 감고 벌써 낮잠을 잤다!

난 걱정 어린 눈초리로 델피나를 슬쩍 보았다. 델피나도 아랫입술을 깨물

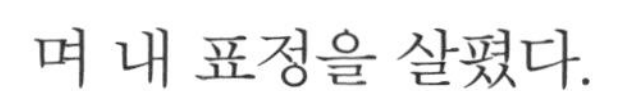

며 내 표정을 살폈다.

"아무래도 《신비한 바닷속 세계》를 다시 읽어 봐야겠어."

결국 델피나도 마지못해 고개를 끄덕했다.

"그러자."

그때, 복도에서 엄마의 목소리가 들려왔다.

"에메랄드! 델피나! 아침 먹을 시간이야!"

나는 헐레벌떡 인형의 집 문을 닫고, 방문을 향해 외쳤다.

"지금 갈게요!"

그리고 델피나에게 다급히 말했다.

"일단 아침 먹자. 빨리 해치우고 돌아와서 책에서 방법을 찾아보자!"

식당에 도착하자, 엄마가 방긋 웃으며 우리들을 맞이했다.

"어서 앉으렴. 왕실 요리사에게 특별히 바다딸기와 시럽을 얹은 팬케이크를 부탁했단다!"

"우아, 진짜 맛있어 보이는 팬케이크네요! 코랄 아주머니, 잘 먹겠습니다!"

델피나는 특기인 상큼하고 사랑스러운 미소를

지으며 대답했다.

“나도 좋아해요.”

반면에 내 입에서는 다소 싱거운 목소리가 나왔다.

애초에 팬케이크를 그다지 먹고 싶지 않았으니까. 목이 묵직하게 턱 막힌 기분이라서, 솔직히 아무것도 삼킬 수 없을 것 같았다. 내 머릿속은 온통 바다 요정에 대한 걱정으로 가득했다.

나는 식탁에 앉아 아침을 먹기 시작했다. 하지만 팬케이크에서는 아무 맛도 느껴지지 않았다.

나는 식사를 마치자마자 쏜살같이 방으로 돌아갔다. 델피나도 내 꼬리를 좇아 따라왔다.

바다 요정들은 여전히 폭신폭신한 가리비 안락의자에 앉아 있었다. 우리가 방을 나서기 전과 다름없는 모습으로 꼼짝하지 않은 채였다.

"아까보다 빛이 더 희미해졌어!"

내 입에서 안타까운 목소리가 터져 나왔다. 나는 재빨리 헤엄쳐 침대 옆에 떨어져 있던 책을 집었다.

델피나는 안절부절못하며 두 손을 맞잡고 꼬리를 배배 꼬았다.

"우리가 뭔가 잘못한 게 아니어야 할 텐데!"

나는 고개를 까닥하고 대답했다.

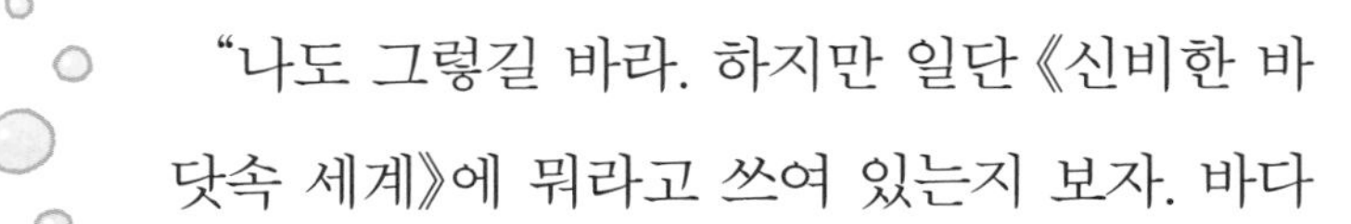

"나도 그렇길 바라. 하지만 일단 《신비한 바닷속 세계》에 뭐라고 쓰여 있는지 보자. 바다

요정들을 여기로 데려 오기 전에 조금 더 공부했어야 했는데…….”

나는 책장을 넘기기 시작했다. 바다 요정들이 산호초에서 즐겁게 노니는 그림이 반짝거렸다. 다들 은은한 빛을 뿜으며 방긋거리는 얼굴로 장난치고 있었다.

“여기 있다!”

나는 책의 한 문단을 가리키며 외쳤다.

“바다 요정은 신비한 산호초가 자라고 보글보글 거품이 이는 차가운 마법의 바다에서만 살아야 한다. 만약 다른 곳에서 지내면 활기를 잃고 우울해한다. 원래 서식지에서 벗어난 **바다 요정은 오래 살 수 없다…….**”

마지막 문장을 입 밖으로 내는 순간 내 가슴이

철렁 내려앉았다.

나는 고개를 돌려 인형의 집을 바라보았다. 의심할 여지 없이 바다 요정들은 어제만큼 행복해 보이지 않았다. 얼굴에 띤 미소도 시간이 갈수록 옅어지고 있었다.

나의 꼬마 오팔은 그중에서도 가장 힘겨운 모양이었다. 오팔을 감싸고 있던 신비한 빛도 이제 사라진 지 오래였다!

내 두 눈에 눈물이 핑 돌았다. 오팔이 영영 건강을 되찾지 못하면 어떡하지?

나는 목소리를 떨지 않으려고 애쓰며 말했다.

"델피나, 최대한 빨리 바다 요정들을 원래 살던 곳으로 데려다주자."

델피나는 입꼬리를 축 늘어뜨렸지만, 마지못해 고개를 끄덕였다.

"그럼, 지금 당장 출발하자."

바다 요정들은 이제 헤엄칠 힘도 떨어진 것 같았다. 나는 요정들을 조심스럽게 배낭에 넣고 델피나와 함께 길을 나섰다.

북쪽으로 돌아가는 먼 길은 즐겁게 모험을 나섰던 첫 여행길과는 딴판이었다. 물결을 헤치고 나아

갈수록 어두컴컴해지는 바다가 으스스했다. 바닷물도 어찌나 차갑던지 지느러미 비늘이 모조리 오소소 곤두섰다.

얼마나 오랫동안 헤엄쳤을까? 마침내 저 멀리

은은한 빛을 뿜는 산호초가 보였다.

그제야 나는 안도하는 숨을 내쉬고 델피나에게 외쳤다.

"거의 다 왔어!"

신비한 산호초에 다다르자 보글보글 거품이 가득한 마법의 바닷물이 느껴졌다. 난 허겁지겁 배낭을 벗어서 안을 열었다.

바다 요정들은 가방 바닥에 눈을 감은 채 몸을 말고 누워 있었다. 그 광경에 내 배 속이 울렁거리

고, 심장은 덜컥 내려앉는 것만 같았다.

"제발, 별 탈 없어야 해!"

나는 애처롭게 속삭이며 바다 요정을 하나씩 배낭에서 꺼내서 신비한 산호초 위에 조심스럽게 내려놓았다.

"어떡해! 우리가 너무 늦었나 봐!"

델피나가 움직임 없는 요정들을 보고 두 눈에 눈물을 한가득 머금은 채 외쳤다.

나도 슬픈 눈빛으로 배낭 안을 빤히 내려다보았다. 내 목이 죄책감으로 턱 막힌 기분이었다.

"자연 속에서 살던 바다 요정을 데려오는 짓은 절대로 하지 말았어야 했는데……."

내 두 눈에서 진주 같은 눈물이 뚝뚝 떨어졌다. 이제 동생이 보든 말든 창피한 건 뒷전이었다.

그때였다. 델피나가 내 팔을 덥석 잡았다.

"잠깐만…… 언니…… 저길 봐!"

붉어진 눈시울 너머로 바다 요정들이 희미하게 보였다. 나는 눈물을 닦은 뒤 똑바로 그 광경을 보고 더 크게 울음을 터트리고 말았다.

하지만 이번에는 **안도해서 나온 눈물**이었다!

바다 요정들이 둥글게 말고 있던 꼬리를 꿈틀대며 움직이고 있었다. 피부와 비늘이 다시 서서히 빛나기 시작하며 꼬리도 활기차게 파닥거렸다.

"아, 정말로 다행이야!"

나는 눈물을 훔치며 나직하게 말했다.

델피나와 내가 감격하는 가운데, 바다 요정들은 꼬물대면서 시시각각 반짝임을 되찾았다.

이윽고 요정들은 산호초 위에서 쌩쌩 헤엄치고, 해초 사이를 요리조리 누비고, 까불까불 놀다가 우리에게 웃어 주기까지 했다.

꼬마 오팔은 이리로 다가와 내 어깨에 앉더니 얼굴을 내 목에 비비적대었다.

우리는 멋대로 바다 요정들을 살던 곳에서 데려오는 잘못을 저질렀다. 그래도 이젠 무사히 그 애들을 다시 제자리로 돌려놓았다.

“바다 요정들이 다시 행복하고 건강해져서 천만다행이야…….”

말은 그렇게 했지만, 정작 델피나의 목소리는 침울했다.

“그러게, 정말!”

나도 입으로는 맞장구쳤지만 동생과 똑같은 심정이었다. 바다 요정들과 작별하는 게 참 슬펐으니까. 특히 오팔과 헤어진다니 가슴이 아렸다.

바다 요정들은 산호초 사이를 누비며 집에 다시 적응해 나갔다. 이윽고 요정들은 우리 주위를 빙빙 맴돌며 공중제비를 돌았다.

델피나와 나는 신비한 산호초 앞에 잠시 더 머물며 그 모습을 홀린 듯 구경했다.

“언니, 어서 궁전으로 돌아가자. 아빠랑 코랄 아주머니가 우릴 찾느라 걱정할지도 몰라.”

나는 델피나의 말에 고개를 끄덕였다. 그리고 손을 흔들며 요정들에게 작별 인사를 건넸다.

“보고 싶을 거야, 바다 요정들아!”

“모두 잘 지내야 해!”

델피나도 양손을 휘저으며 울컥한 목소리로 인

사했다.

바다 요정들도 우리가 떠나는 걸 보고 퍽 슬픈 모양이었다. 물갈퀴 달린 작은 손을 흔들흔들하며 얼굴에 쓸쓸한 표정을 띠었다.

"요정들도 인형의 집이 그리울까? 거기서 엄청 즐겁게 놀았잖아."

인형의 집 이야기가 나오자마자 바다 요정들이 다 함께 아가미를 쫑긋댔다. 동시에 온몸에서 아주 환한 빛이 뿜어져 나왔다.

"너희들이 우리 궁전에 다시 올 수 없다니……. 너무너무 아쉬워."

델피나도 서운한 목소리로 말했다.

"응, 하지만 얘네는 신비한 산호초를 떠날 수 없으니까, 안

타깝지만 어쩔 수 없네…….”

나는 마지막으로 바다 요정들에게 잘 지내라는 인사를 남겼다. 가장 아꼈던 오팔에게는 특별히 입 밑에 손바닥을 올려 **마음을 담은 키스**를 날리기도 했다.

우리는 아쉬움을 뒤로한 채 돌아섰다. 이번에는 절대로 저 애들이 우리 뒤를 못 쫓도록 단단히 조심했다!

델피나와 내가 가리비 도시에 도착했을 때는 이미 날이 저물고 있었다. 바다에 어둠이 가라앉았지만, 궁전은 조명으로 온통 환했다.

왕실 정원으로 들어서자, 엄마와 오스터 아저씨가 우리 쪽으로 물보라를 일으키며 헐레벌떡 헤엄쳐 왔다.

“너희 둘 다 여기 있었구나! 도대체 어디 갔다 왔니?”

엄마는 걱정이 한가득 깃든 표정으로 물었다.

“어, 이건 그러니까…….”

나는 말끝을 흐리며 슬쩍 옆으로 눈길을 돌렸다. 하지만 델피나는 입술을 깨물며 모래땅만 내려다보고 있을 뿐이었다.

그래서 어쩔 수 없이 내가 입을 열었다.

“그게, 말하자면 좀 길어서요. 우리는 바다 요정을 찾으러 탐험을 떠났는데…….”

말이 끝나기도 전에 엄마가 화들짝 소스라치며 외쳤다.

“바다 요정이라고! 하지만 그 요정들은 아주 멀

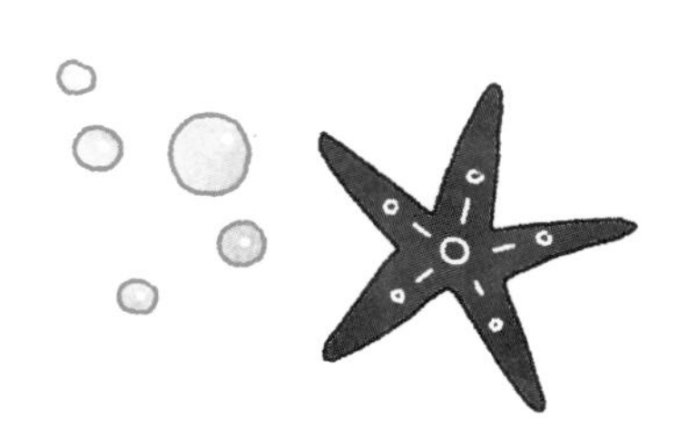

리 떨어진 바다에 살잖아!"

오스터 아저씨도 눈살을 찌푸렸다.

"우리 없이 너희 둘이서만 그 먼 바닷속을 가면 안 된단다. 위험할 수도 있었어."

날벼락처럼 쏟아지는 꾸지람에 나는 당황해서 둘러대었다.

"알아요. 그렇지만 우린 그냥……."

그때, 델피나가 카랑카랑하게 외쳤다.

"진짜 바다 요정을 너무너무
보고 싶어서 모험을 떠난 거야!"

"그래서 바다 요정을 찾았니?"

엄마는 이제 걱정보다 궁금증이 더 큰지 눈을 복어처럼 동그랗게 뜨고 물었다.

"네! 게다가 요정들이 궁전까지 따라왔어요. 어젯밤엔 내 인형의 집에서 놀다가 자기도 했고요."

내가 얼른 대꾸하자, 오스터 아저씨가 화들짝 놀란 나머지 어깨를 들썩였다. 아저씨의 풍성한 수염이 해초처럼 물속에서 휘날렸다.

"바다 요정을 궁전에 데려왔다니! 특별한 환경에서만 살 수 있는 생물이라 요정들 건강에 좋지 않을 텐데……."

그러자 델피나가 간신히 목소리를 쥐어짜서 대답했다.

"안 그래도 이젠 알아요……. 그래서 아까 원래 집으로 도로 데려다주고 온 거예요."

엄마와 오스터 아저씨는 동시에 절레절레 고개를 저었다. 둘 다 우리에게 실망한 표정이었다.

"멀리 외출하면 미리 말했어야지. 너희가 그렇게까지 바다 요정을 찾고 싶었다면 우리 둘 중 누구든 당연히 함께했을 거야."

엄마의 걱정 가득한 꾸중을 듣고 나는 사과했다.

“죄송해요…….”

“나도요…….”

델피나도 순순히 잘못을 인정했다.

오스터 아저씨는 풀죽은 우리 둘의 어깨를 토닥였다.

“오냐, 별 탈 없이 끝났으니 괜찮아. 게다가 바다요정들을 원래 집으로 데려다주기까지 하다니, 우리 딸들 참 장하구나.”

엄마도 다정한 미소를 지으며 거들었다.

“그래, 에메랄드랑 델피나 둘 다 참 기특하네. 하지만 앞으로 야생 생물을 함부로 데려오면 안 된다는 걸 명심하렴.”

델피나와 나는 동시에 고개를 크게 끄덕끄덕했다. **그건 이번 기회에 톡톡히 깨달았으니까!**

어느새 한밤중이었다. 창밖을 보니 캄캄한 바닷물 속에서 자그맣고 반짝이는 물고기 무리가 휙휙 헤엄쳐 지나갔다. 그 모습이 꼭 밤하늘에 떨어지는 별똥별 같았다.

나는 지느러미를 끌어안은 채 침대 위에 앉아 방 저편에 있는 인형의 집을 빤히 바라보았다.

바다 요정들이 원래 살던 곳으로 돌아가게 되어 다행이라고 생각했다. 하지만 동시에 그 애들이 여전히 무척 보고 싶었다.

귀여운 바다 요정들 덕분에 내 인형의 집은 활기가 넘쳤었는데! 앙증맞은 조개껍데기 침대에서 푹 자고, 작은 가리비 안락의자에 앉아 쉬기도 하고, 문어 샹들리에 아래에서 춤추던 그 아이들의 모습이 아직도 눈앞에 선했다.

바다 요정들이 반짝거리는 빛을 잃기 전에는 모두 무척 즐거웠다. 나는 그 추억이 너무 그리운 나머지 가슴 한편이 시큰거렸다. 하지만 머리로는 그 아이들이 궁전에 돌아올 수 없는 걸 누구보다 잘 알고 있었다.

어둠 속에서 인형의 집을 뚫어져라 보고 있자니 두 눈이 피곤해서 따끔거렸다. 나는 바다수세미 베개에 머리를 파묻었다. 그날 밤은 꿈도 안 꾸고 푹 잠들었다.

9

"엄마, 오스터 아저씨, 델피나!"

아침이 밝자마자, 나는 가족들의 이름을 외치며 식당으로 날치처럼 재빠르게 헤엄쳤다. 내 뒤로 포르르 공기 방울이 일었다.

엄마가 벽에 걸린 시계를 흘깃 보고 말했다.

"아침 시간에 늦었잖니, 에메랄드! 어서 먹지 않으면 학교에 지각할라!"

나는 식탁에 앉아서 바삭바삭한 바다 링 시리얼을 한가득 입에 우물거리며 말했다.

"나한테 계획이 하나 있는데요, 이건 **우리 가족이 함께해야 하는 일**이에요!"

"무슨 생각인데?"

델피나가 토스트를 마저 먹고 깔끔히 입을 닦으며 물었다.

"내 인형의 집 말이야, 바다 요정들에게 선물하고 싶어! 하지만 걔네는 이제 여기 올 수 없으니까…… 혹시 오늘 방과 후에 인형의 집을 요정들에게 같이 가져다줄 수 있을까요?"

"오늘 말이니?"

엄마는 어리둥절한 표정을 하고 되물었다.

"이건 무척 중요한 일이에요! 도와주실 수 있죠?"

델피나도 손을 모아 쥐고서 나를 거들었다.

"그런데 에메랄드 언니, 진짜 줘도 괜찮아? 그

인형의 집은 언니한테 아주 소중하다면서."

델피나의 말대로 인형의 집이 더는 내 곁에 없다는 걸 상상만 해도 눈물이 차올랐다. 그렇지만 나보다는 바다 요정들이 인형의 집을 훨씬 즐겁게 갖고 놀 테니, 짜릿하고 신나는 기분이 들기도 했다.

나는 곰곰이 고민한 끝에 말했다.

"그건 그래. 그래도 요정들이 가지면 좋겠어."

엄마와 오스터 아저씨가 눈빛을 주고받았다. 아저씨는 어깨를 으쓱하고 제안했다.

"그럼 얘들아, **왕실 마차**를 타고 가면 어떠니? 너희 수업이 끝나면 우리가 마차를 타고 데리러 가마. 그 길로 곧장 북쪽 바다로 가면 돼."

엄마도 그 말에 동의했다.

"좋아. 그런데 에메랄드, 인형의 집을 주고 싶은 건 확실하니? 조금 더 고민해 볼 여지는 없고?"

"전혀요. 난 마음을 굳혔어요."

나는 딱 잘라 말했다.

난 학교에서도 도무지 수업에 집중할 수 없었다. 계속 벽시계를 흘깃거리며 어서 학교가 끝나기만을 기다렸다.

마침내 마지막 수업이 끝나는 종소리가 울리자, 잉키벨과 함께 너나없이 운동장으로 뛰쳐나갔다.

"에메랄드, 오늘 같이 놀러 갈래?"

가는 길에 **내 친구 오시애나**가 물었지만, 나는 고개를 저으며 쌩하니 지나쳤다.

"오늘은 못 가. 미안해, 다음에 놀자!"

왕실 마차는 교문 바로 앞에서 나를 기다리고 있었다. 수많은 인어가 왕실 마차 주위를 둘러싸고 구경하는 중이었다.

인어 아이들은 마차를 끄는 돌고래들을 귀엽다며 쓰다듬고 있었다. 한편, 인어 어른들은 목을 바다거북처럼 길게 빼고서 마차에 탄 오스터 아저씨

의 얼굴을 보려고 했다.

나는 슬그머니 왕실 마차에 올라탄 다음 잉키벨을 품에 안고 자리에 앉았다. 내 인형의 집은 맞은편 자리에 흔들리지 않게 놓여 있었다.

오스터 아저씨는 창문 너머로 인어들에게 손을 흔들며 인사했다. 이윽고 돌고래들이 헤엄치자 마차가 천천히 출발했다.

어느덧 다음 목적지인 델피나의 학교에 도착해 있었다. 우리는 델피나를 마차에 태운 다음, 가리비 도시의 거리를 유유히 지나 곧장 저 깊고 넓은 바다로 나아갔다.

왕실 마차는 델피나랑 내가 헤엄치는 속도보다 훨씬 빨라서, 금세 신비한 산호초에 다다랐다.

"오, 정말 아름다워라! 여기는 나도 처음 와 보는 곳이구나!"

엄마가 마차에서 내리자마자 감탄을 터트렸다.

우리 가족은 모두 거품이 보글보글하고 은은한 빛이 흐르는 차가운 마법의 바다로 헤엄쳐 나갔다.

이윽고 바다 요정의 머리 세 개가 산호초 위로 빼꼼 나와 있는 것을 발견했다. 요정들도 곧바로 델피나와 나를 알아봤는지, 쌩 헤엄쳐 와서 델피나와 내 콧등에 꼬리를 비비적대었다.

"얘들아, 너희한테 줄 **선물**을 가져왔어! 잠시만 기다려!"

나는 이 말을 남기고 델피나에게 도와 달라 손짓했다. 우리는 함께 마차에서 인형의 집을 가지고 나와 요정들 앞에 선보였다.

인형의 집을 본 바다 요정들은 신이 잔뜩 났는지 온몸을 반짝이는 동시에 폴짝대면서 물거품을 보글보글 일으켰다.

델피나와 나는 산호초 안에서 인형의 집을 두기

딱 알맞은 장소를 찾아내었다. 산호초가 인형의 집에 맞춘 듯한 크기로 옴폭 들어간 곳이었다.

엄마와 오스터 아저씨는 저만치에서 우리가 인형의 집을 살며시 내려놓는 걸 지켜보았다.

인형의 집이 산호초 위에 자리 잡자마자, 바다 요정 셋은 문으로 잽싸게 들어갔다. 델피나랑 나는 창문으로 집 안을 들여다보았다.

요정들이 하나같이 함박웃음을 짓고 이 방 저 방을 쏘다니고 있었다. 그 광경을 보고 내 가슴도 덩달아 따스해졌다.

내 소중한 인형의 집은 앞으로도 참 그리울 테지. 그렇지만 바다 요정들이 즐겁다면 후회하지 않아! 게다가 나는 언제든지 여기 놀러 올 수 있으니까.

그때, 델피나가 나에게 작게 외쳤다.

"저길 봐!"

그 말에 창문에서 눈을 떼고, 동생의 시선을 따라 오팔이 가득한 산호초를 자세히 들여다봤다.

물결을 따라 하늘하늘 흔들리는 초

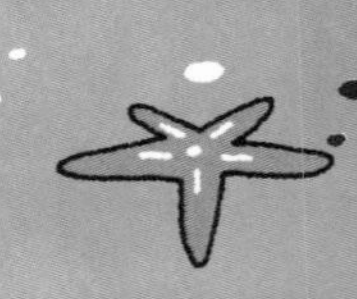

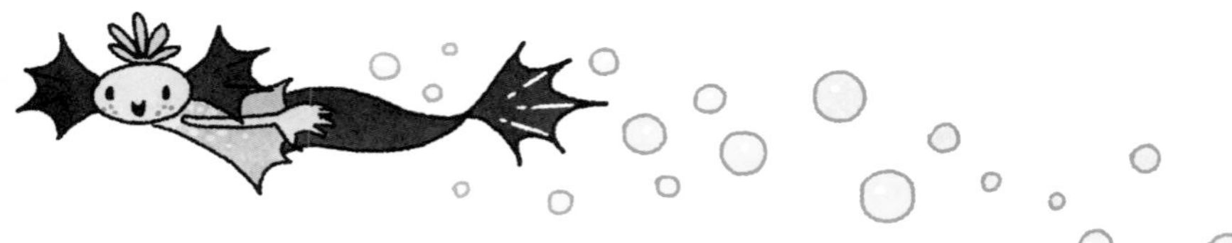

록빛 해초 사이로 **다른 바다 요정들이 모여 있었다!** 다들 고개를 빼꼼 내밀고 인형의 집을 하나같이 부러운 눈빛으로 바라보고 있었다.

"재네들도 인형의 집에서 마음껏 놀고 싶나 봐. 우리가 슬슬 자리를 피해 줘야겠다."

나는 델피나의 귀에 대고 소곤소곤 속삭였다.

우리는 인형의 집에 있는 요정 친구들에게 다시 한번 작별 인사를 했다. 그리고 혹시나 호기심 많은 다른 바다 요정들이 놀라지 않게 살그머니 그 자리에서 헤엄쳐 나왔다.

델피나와 나는 엄마와 오스터 아저씨 곁에서 함께 바다 요정 무리를 구경했다.

"정말 사랑스러운 아이들이네!"

엄마가 감탄하자 나도 맞장구쳤다.

"그렇죠? 너무 귀여워요!"

내가 엄마와 오스터 아저씨, 델피나와 잉키벨과 함께 멀찍이 인형의 집을 흐뭇한 눈빛으로 바라보는 동안, 다른 바다 요정들도 조심스레 그쪽으로 다가가고 있었다.

처음에 창문 밖만 기웃거리던 요정들은 언제 그랬냐는 듯 쏜살같이 인형의 집에 들어갔다. 벌써 방 이곳저곳을 살피며 가구를 구경하는 아이도 있었다.

그때, 오팔이 집 밖으로 얼굴을 내밀고 **나에게 윙크로 신호를 보냈다!**

잠시 후, 오팔이 전등 스위치를 눌렀다. 순식간

에 인형의 집이 초록색, 분홍색, 파란색 빛깔로 환해졌다. 산호초 위를 수놓은 오팔들도 그 빛을 받아 무지개색으로 찬란하게 반짝거렸다.

나는 얼굴 가득히 미소를 지었다.

내 인형의 집이 있어야 할 곳은 바로 여기였어!

10

왕실 마차를 타고 궁전으로 돌아오던 길이었다. 무심코 델피나 쪽을 보았더니, 동생은 조금 울적한 얼굴을 하고 있었다.

"무슨 일 있어?"

내가 묻자, 델피나가 웅얼댔다.

"아, 아무것도 아니야. 에메랄드가 인형의 집을 바다 요정들에게 선뜻 준 게 참 대단하다고 생각하고 있었어. 그렇지만 앞으로 난 인형의 집을 갖고 놀 수 없는 게 조금 아쉽기도 해!"

그러자 오스터 아저씨가 웃음을 터트렸다.

"자, 델피나의 다음 생일 선물은 인형의 집으로 할까?"

아저씨의 말에 델피나의 얼굴이 환해지더니, 대뜸 물었다.

"그럼, 언니 것과 비슷한 걸로 사 줄 수 있어요? 초록색, 분홍색, 파란색 불빛이 들어오고, 자그마한 문어 샹들리에가 달리고, 진짜 보석으로 가득한 미니 보물 상자가 든 걸 갖고 싶어요!"

그러자 오스터 아저씨는 머리를 긁적였다.

"음……. 가리비 도시에 돌아가면 장난감 가게를 여러 곳 찾아봐야겠구나."

그 순간, 내 머릿속에 아주 기막힌 생각이 떠올랐다.

"아니면…… 함께 **우리만의 새 인형의 집**을 만들면 어때? 델피나랑 내가 원하는 대로 짓는 거야! 그 안은 온갖 신비한 물건으로 가득 채우자!"

델피나는 내 말을 듣고 깜짝 놀라서 앉은 자리에서 펄쩍 뛰어올랐다. 그리고 휘둥그레 뜬 눈을 반짝반짝 빛내며 소리쳤다.

"좋아, 진짜 재미있겠다! 인형의 집을 하나 만들어서 언니랑 나랑 같이 갖고 노는 거야!"

"어머, 아주 멋진 생각이로구나."

엄마도 미소를 지으며 손뼉을 쳤다.

"그렇다면 내 공구 상자가 나설 차례군! 그런데 사실은 말이다, 난 물건을 직접 만드는 재능은 별로 없어. 내가 잘하는 건…… 왕다운 일이거든. 한데 나도 작은 쿠션 정도는 바느질할 수 있을 것 같구나. 그 위에 왕관도 수놓아 줄까?"

오스터 아저씨는 자신만만하게 말하다가 마지막엔 살짝 걱정스러운 표정으로 덧붙였다.

"그러면 참 좋겠어. 물건을 손수 만드는 건 내 전문이니까, 가구 제작은 나한테 맡겨!"

엄마의 든든한 응원에 온 가족이 웃음꽃을 활짝 피웠다.

델피나와 나는 각자 곰돌이 인어와 잉키벨을 품에 안고 서로 미소를 주고받았다. 정말 행복하고 뿌듯했다.

어서 새로운 인형의 집 만들기를 시작하고 싶어서 견딜 수가 없어! 그리고 하루빨리 바다 요정들을 다시 만나러 가야지!

난 돌아오는 주말에 《신비한 바닷속 세계》를 선물해 준 아빠랑 같이 신비한 산호초를 찾아가야겠다고 다짐했다.

내가 인어라면 어떤 직업일까?

바다 요정이 근처에 산다는 소문을 들었어요. 그러면 나는……

A. 바다 요정에 관한 이야기를 써서 모두에게 들려줘야지.

B. 배낭을 챙겨서 진짜 바다 요정을 찾으러 모험을 떠난다!

C. 아는 게 힘! 바다 요정에 대한 정보를 찾아볼 거야.

상처 입은 바다 요정을 발견했어요. 그러면 나는……

A. 구조를 기다리는 동안 바다 요정을 노래로 위로해야겠어.

B. 왜 이런 일이 바다 요정에게 생긴 건지 알아봐야 해!

C. 먼저 바다 요정이 어디가 아픈지 살펴볼 거야.

**바다 요정은 원래 살던 곳으로 돌아가고,
이제 헤어져야 해요. 그러면 나는……**

A. 내가 겪은 걸 글로 써서 바다 요정 보호에 힘써야지.

B. 계속해서 바다 요정을 지킬 수 있게 자연을 탐험할 거야.

C. 헤어진 뒤에도 바다 요정을 종종 찾아가서 돌봐줘야겠어.

나의 결과는?

(책의 위아래를 거꾸로 뒤집어 읽어 보세요!)

A가 많은 나는

창의적이고 열정 넘치는 작가 인어가 되면 멋지겠네요!

직접 지은 글과 노래로 모두를 즐겁게 해요.

B가 많은 나는

호기심 가득하고 용감한 탐험가 인어를 하면 좋겠어요!

지식을 탐구하러 모험을 떠나 봐요!

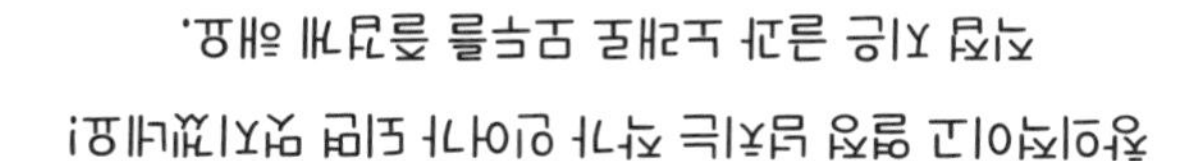

C가 많은 나는

배려심 많고 다정한 수의사 인어가 되면 어때요?

상냥한 마음으로 동물을 돌보는 일이 어울려요.

나만의 바다 생물 창작하기

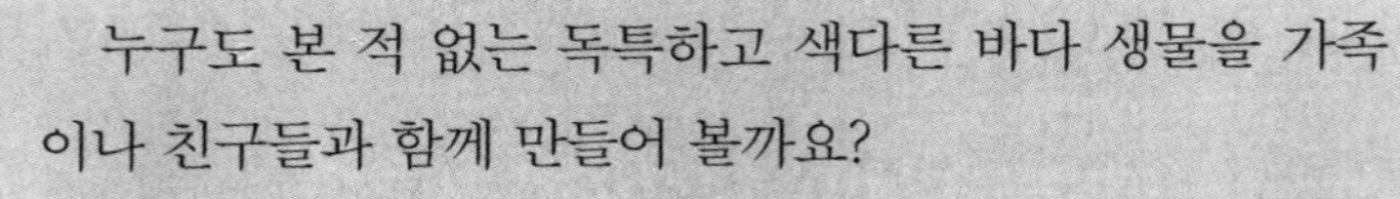

누구도 본 적 없는 독특하고 색다른 바다 생물을 가족이나 친구들과 함께 만들어 볼까요?

필요한 재료

- A4 종이 한 장
- 색연필
- 함께할 사람 두 명

만드는 법

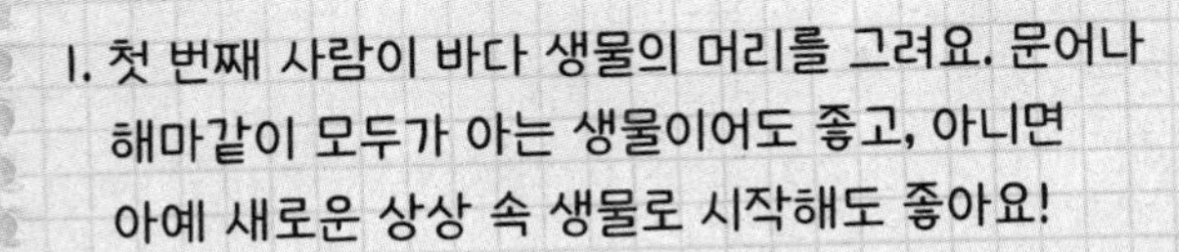

1. 첫 번째 사람이 바다 생물의 머리를 그려요. 문어나 해마같이 모두가 아는 생물이어도 좋고, 아니면 아예 새로운 상상 속 생물로 시작해도 좋아요!

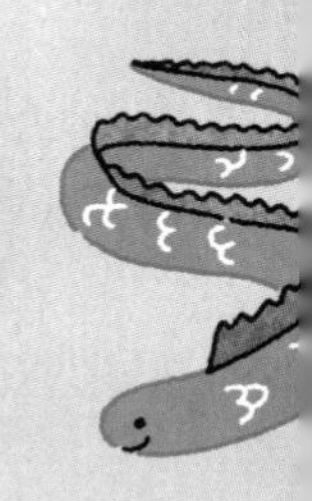

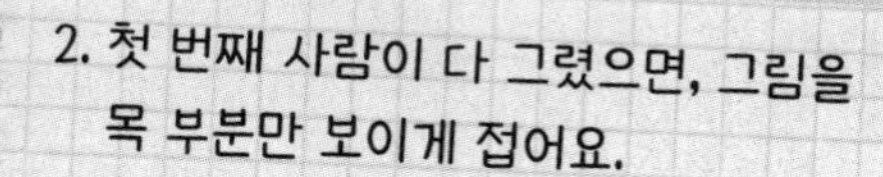

2. 첫 번째 사람이 다 그렸으면, 그림을 목 부분만 보이게 접어요.

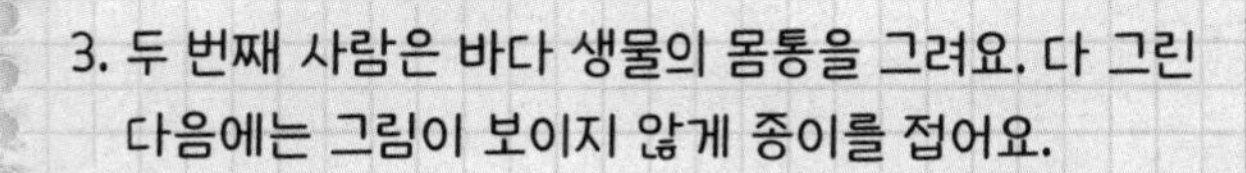

3. 두 번째 사람은 바다 생물의 몸통을 그려요. 다 그린 다음에는 그림이 보이지 않게 종이를 접어요.

4. 세 번째 사람은 바다 생물의 나머지 아랫도리를 그려요. 다리, 꼬리, 촉수 등등 무엇이든지 자유롭게요!

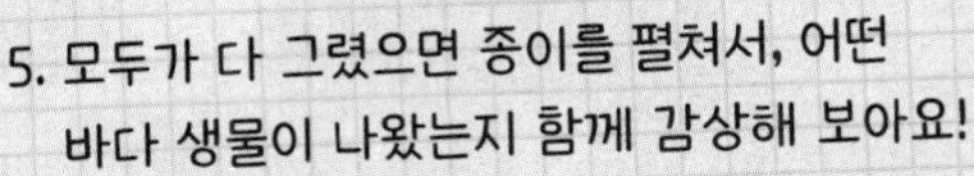

5. 모두가 다 그렸으면 종이를 펼쳐서, 어떤 바다 생물이 나왔는지 함께 감상해 보아요!

바다 생물 소개서

완성한 바다 생물은 어떤 모습인가요?
다 함께 그린 그림을 보며
바다 생물에 대해 이야기 나누어 보아요.

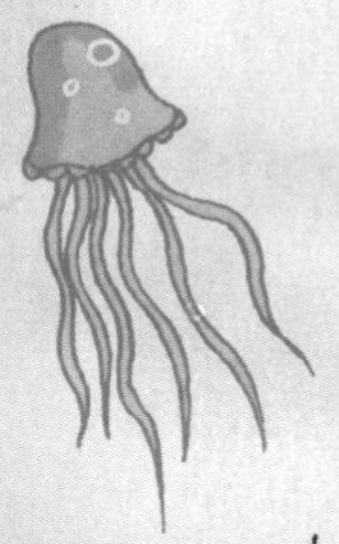

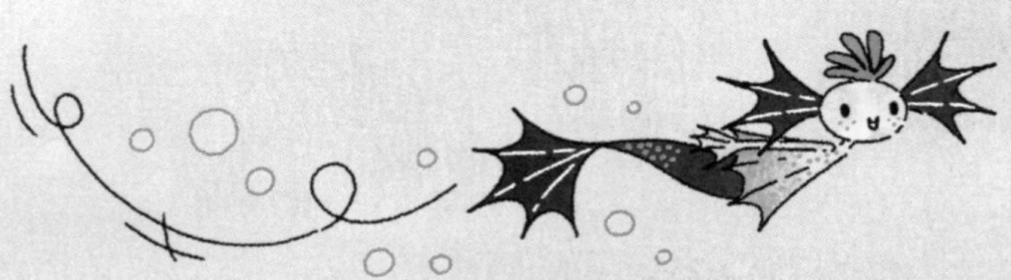

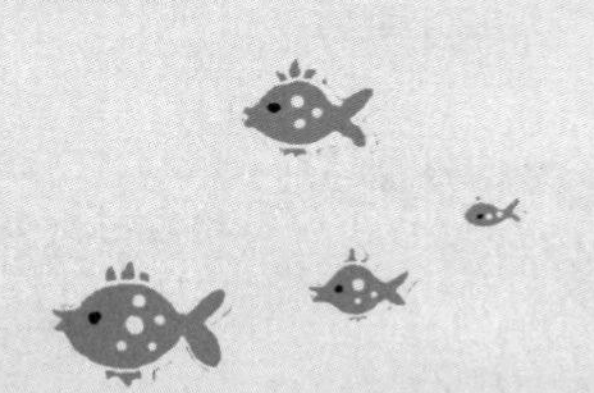

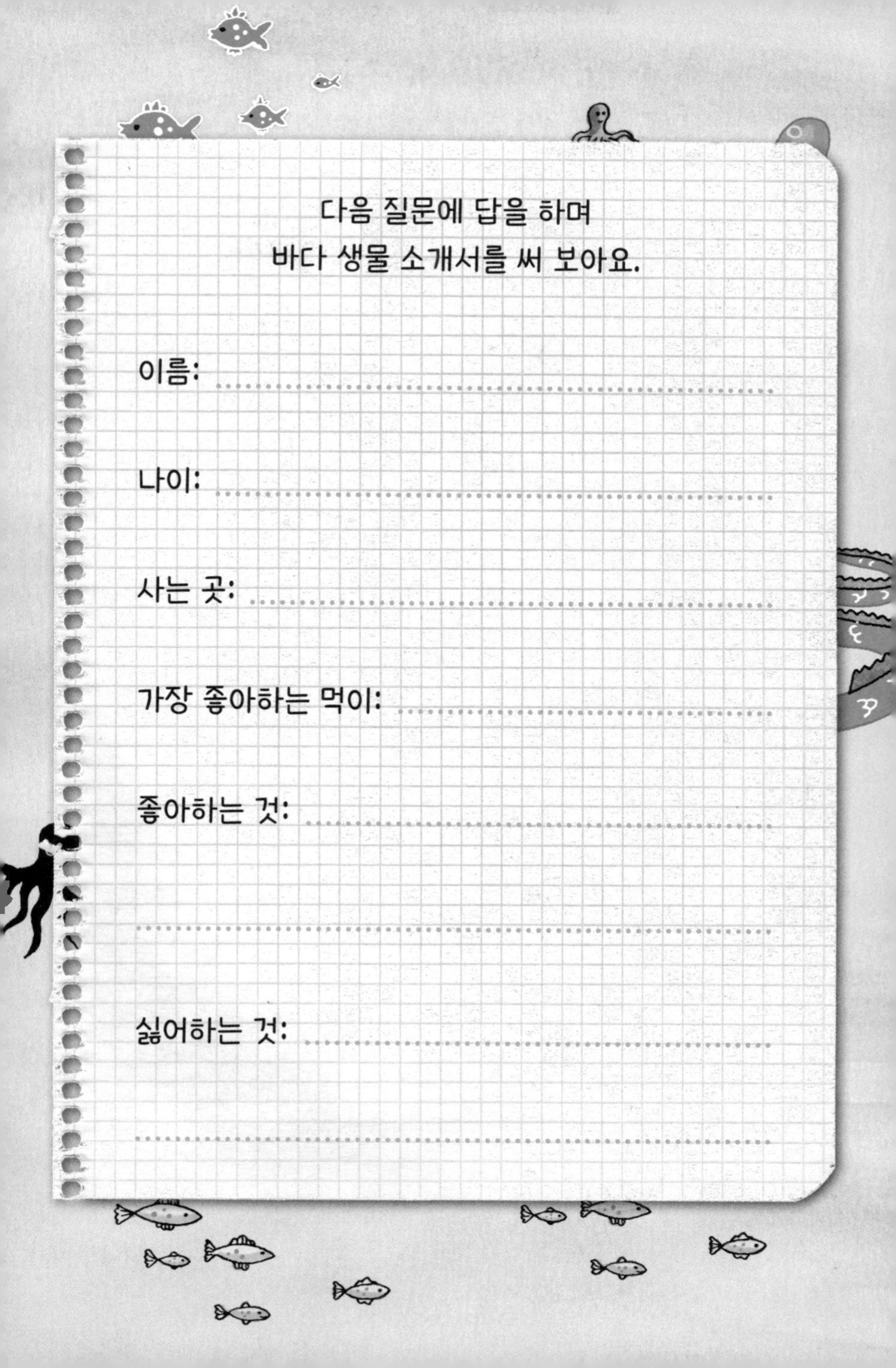

다음 질문에 답을 하며
바다 생물 소개서를 써 보아요.

이름: ....

나이: ....

사는 곳: ....

가장 좋아하는 먹이: ....

좋아하는 것: ....

....

싫어하는 것: ....

....

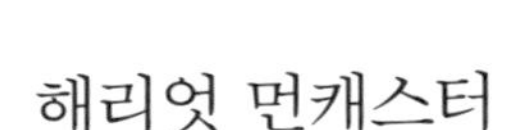

해리엇 먼캐스터

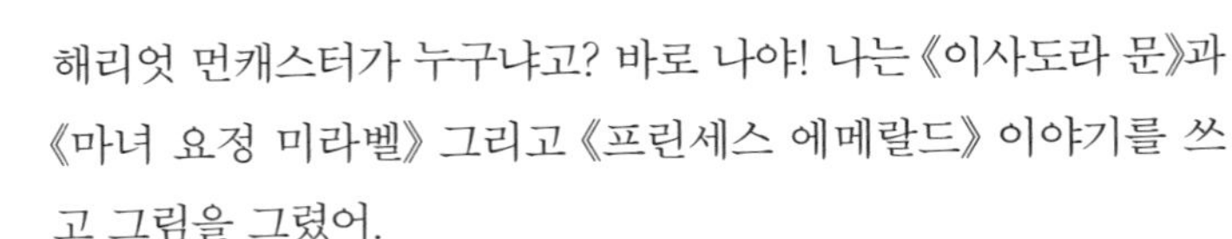

해리엇 먼캐스터가 누구냐고? 바로 나야! 나는《이사도라 문》과 《마녀 요정 미라벨》 그리고《프린세스 에메랄드》 이야기를 쓰고 그림을 그렸어.

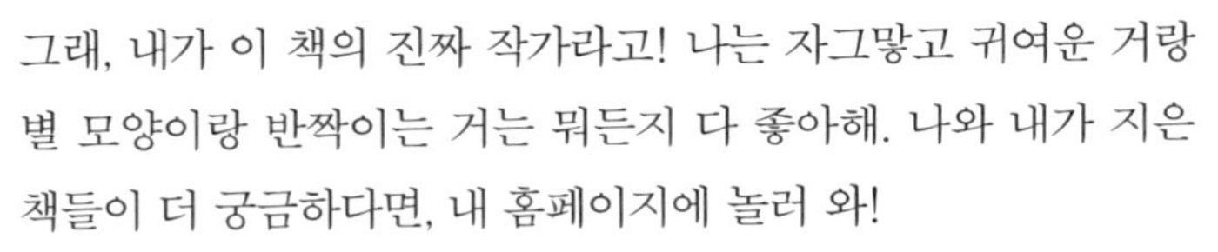

그래, 내가 이 책의 진짜 작가라고! 나는 자그맣고 귀여운 거랑 별 모양이랑 반짝이는 거는 뭐든지 다 좋아해. 나와 내가 지은 책들이 더 궁금하다면, 내 홈페이지에 놀러 와!

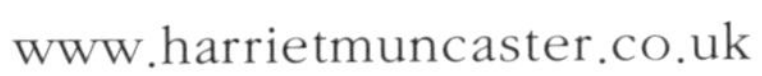

www.harrietmuncaster.co.uk

심연희

이 책을 읽을 수 있다면, 내가 우리말로 옮긴 책을 읽고 있는 거야! 나 같은 사람을 번역가라고 하지! 나는 재미있는 이야기랑 예쁘게 만든 책이랑 까르르 웃는 아이들을 좋아해.